Christa Spilling-Nöker

Komm, mein Engel, bleib bei mir

Mit Engelzeichnungen von
Sabine Waldmann-Brun

LIEBE LESERIN, LIEBER LESER,

Möge dich an allen Tagen
und in allen Nächten deines Lebens
ein Engel ganz behutsam
in seine Arme schließen
und dich tief drinnen spüren lassen,
dass du von Atemzug zu Atemzug
behütet und geborgen bist.

Danach sehnen wir uns wohl alle: nach dem himmlischen Gefühl, komme, was wolle, behütet und geborgen, begleitet und getragen zu sein.
Die Erfahrung von Engeln ist immer Gnade, unverfügbares Geschenk. Es ist der Einbruch einer anderen Wirklichkeit in unser Leben, die die materiell fassbaren Dimensionen unseres alltäglichen Daseins sprengt und uns mit dem Licht des Himmels in Berührung bringt.
Mögen die vorliegenden Texte Sie dazu inspirieren, sich immer wieder von guten Mächten berühren zu lassen, damit Ihr Leben hoffnungsfroh durchwärmt und erhellt wird.

Christa Spilling-Nöker

Über dir der Himmel
mit seinem Licht,
unter dir die Erde,
die dich trägt,
dazwischen ein Engel,
der dich küsst –
mitten ins Herz.

INHALT

Berühre mich mit
dem Glanz deines Lichts

Das richtige Wort,
die richtige Geste
im rechten Augenblick
möge dein Herz öffnen,
möge den Engel in dir
zum Schwingen bringen
und deine Seele
singen lassen,
damit dein Tag
gesegnet sei
vom Aufgang der Sonne
bis tief
in die Nacht.

Wenn der Tag beginnt,
und die ersten Sonnenstrahlen
mein Gesicht behutsam streifen,
dann möge mir vom Himmel her
ein Engel mitten ins Herz fallen,
so dass ich all das Schöne,
das an diesem Tag auf mich wartet,
voll auszukosten vermag,
damit ich alles Lästige
gelassen nehmen kann
und den Klängen des Himmels
einen Resonanzboden
zu geben vermag
mit Leib und Seele,
ja, dass die Hand der Freude
mich an diesem Tag hält.

Dein Engel spricht:
Fürchte dich nicht!
Brich auf von dem,
an das du dich geklammert hast
bei Tag und bei Nacht,
lass die verbrauchten Träume
hinter dir.
Dir ist verheißen,
dass du neues Leben
finden wirst,
dort, wo du es bisher vielleicht
am wenigsten
vermutet hast:
Die Zukunft ist noch
ein weites Feld.

Bewahrt vom Licht
einer anderen Welt,
beschenkt durch die Hand,
die dich in Not hält,
bewegt vom Geist
der Lebendigkeit,
begnadet mit Liebesfähigkeit,
beschwingt durch der Engel
Flügelkraft,
behütet vom Morgen
bis in die Nacht.

Wenn schon des Morgens
trübe Gedanken
meine Seele verfinstern wollen,
dann berühre mich
mit dem Glanz deines Lichts,
verleihe meiner Schwermut Flügel,
damit ich mich leichten Herzens
aufschwingen kann,
den Tag zu beginnen,
voller Erwartung und Lust.

Plötzlich und unerwartet
wird die Hoffnungslosigkeit
zu Grabe getragen,
denn da steht einer
an der Schwelle
im Licht
und öffnet dir
die Pforte zum Leben
noch einmal neu.
Wer hätte gestern noch
an die Wirklichkeit von
Engeln geglaubt?

Die Nacht des Todes
ist jetzt endgültig
vorüber.
Ein Engel steht
still am Grab;
schon bei Nacht
hat er den Stein
hinweggerollt
und weist dir den Weg
in die Freiheit,
zum Licht.
Nun steh du auch auf
und kehre zurück
in dein Leben!

Im Angesicht der Engel
wandelt sich der Schatten
zu Licht,
springen verschlossene
Türen auf,
verliert sich der Fluch
im Segen.
Im Angesicht der Engel
wird das Unmögliche möglich,
erdet sich der Himmel
in dir.

Warte nicht darauf,
dass aus den Wolken
zu dir ein Engel hinabsteigt
mit lockigem Haar
und Flügeln aus Gold.
Nimm seine Stimme wahr
in jedem Wort,
das dich wärmt,
in jedem Gedanken,
der dich aufrichtet,
in jeder zärtlichen Geste,
die dein Herz berührt.

Still und unsichtbar
stehen sie am Wegesrand.
Sie retten dich
durch die dunklen Täler
deines Lebens hindurch
und lassen dir auch
in tiefster Nacht
einen Stern am Himmel aufleuchten.
Sie weiten die Enge
deiner Angst
hin zu helleren Räumen,
in denen Freude keimen
und Zuversicht wachsen kann.
Still und unsichtbar
geben sie dir Geleit;
Lichtboten einer unsichtbaren Welt:
die Engel.

Möge sich ein Engel
in dein Herz stehlen

Ich träume von einem Leben,
in dem ich meine Unsicherheiten
überwinden
und die Ängste
besiegen kann.

Ich träume von einem Leben,
in dem ich auf festem Boden
stehen
und zu meinen Wurzeln
zurück finden darf.

Ich träume von einem Leben,
in dem ich mich sicher
und frei fühle
und meine Seele
engelleicht wird.

Manchmal
müssen wir dem Engel
Zeit lassen,
bis er uns findet
und ihm das Herz öffnen,
wenn die Stunde dazu
gekommen ist.

Ich wünsche dir,
dass sich dir der Himmel
zu Füßen legt,
damit du wie auf
Wolken gehst.

Ich wünsche dir,
dass tausend Sterne
auf dich niederregnen,
damit es hell
in deiner Seele wird.

Ich wünsche dir,
dass sich ein Engel
in dein Herz stiehlt,
damit du dich
gesegnet weißt.

Zuversicht
durchströmt die Luft:
Engel küssen dir bei Nacht
neue Hoffnung in dein Herz,
so dass du am hellen Morgen
voller Freude lachen
und dein Leben jetzt
mit wachen Sinnen
voller Lust
genießen kannst.

Heute scheint mir
ein Engel
durch das offene Fenster
in meine Räume
geflogen zu sein.
Alle trüben Gedanken,
die mich niederdrückten,
wichen einer
heiteren Gelassenheit.
Ich konnte fröhlich
in den Tag aufstehen,
und es ergab sich,
dass mir Vieles gelang.
Freundliche Worte
berührten mein Herz
und bewegten mich dazu,
sie zu erwidern.
Lächelnd kann ich
nun zu Bett gehen,
im Vertrauen auf
einen erholsamen Schlaf
und beglückende
Träume.

Du bist der Himmel
mit seinem Licht,
du bist der Weg, auf dem ich gehe,

du bist die Sonne
an dunklen Tagen,
du bist der Grund, auf dem ich stehe,

du bist der Mond
in finsterer Nacht,
du bist der Trost in den Gezeiten,

du bist der Stern
am Firmament,
du willst mich liebevoll begleiten,

du bist der Engel
in meinem Leben,
der stets über mir wacht
– an heiteren Tagen
sowie in einsamer Nacht.

Manchmal möchte ich dein Engel sein

Manchmal möchte ich
dein Engel sein:
Ich möchte dich stärken,
wenn du schwach bist,
dich tragen,
wenn du dich auf unsicherem
Boden bewegst,
und hinter dir stehen,
damit dir niemand
in den Rücken fällt.
Ich möchte dich trösten,
behutsam und sacht,
und aufmerksam sein
auf jedes Wort deiner Klage.
Auf dem Weg der Wandlung
von der Trauer
hin zum zarten Aufkeimen
neuer Hoffnung
würde ich dich gerne begleiten.
Manchmal möchte ich
dein Engel sein
und dir das Tor öffnen
zu einer Welt, reich an
Freude und Frieden.

Könnte ich doch
den Himmel
in Bewegung bringen
und alle Engel dazu beflügeln,
dich zu behüten,
damit keine dunkle Macht der Welt
dir etwas anhaben kann.
Wären mir doch bisweilen selbst
Flügel gewachsen,
dann könnte ich mich unentdeckt
unter die himmlischen Heerscharen
mischen,
um dich mit der Zartheit
eines Engels zu berühren
und ein Auge auf dich zu haben,
ein Auge der Liebe.

Behutsam
will ich meine Hand
auf deine Wunden legen
und dich trösten,
wie nur ein Engel trösten kann.
Könnte doch
meine stille Gegenwart
ein wenig heilen lassen von all dem,
was dir auf deiner Seele liegt,
damit du dich in meiner Liebe
zu Hause und geborgen weißt.

Bist du bei mir,
so lege deine Hand
ganz still in meine,
bis deine Seele
mich gar sanft berührt
und Wesensnähe
zum Geheimnis
von Verschmelzung führt.

Bist du bei mir,
so wandelt sich
die Angst zu Freude,
die vielen Fragen
ahnen Antwort,
und ganz behutsam
kann ich spüren,
wer ich bin.

Was ich für dich
sein möchte?

Windhauch –
der dich
atmen lässt

Lichtstrahl –
glitzernd im
Morgentau

und immer wieder
Engel –
der dir zur Nacht
Güte
ins Herz streut.

Du bist schwach,
doch ich will dich stärken.
Du bist hungrig,
doch ich will dich nähren.
Du bist traurig,
doch ich will dich trösten.
Du bist müde,
doch ich will für dich wachen.
Du bist einsam,
doch ich will bei dir bleiben.
Du fühlst dich von Gott verlassen,
doch ich will mit dir beten.
Du zweifelst an den Menschen,
doch ich will dein Engel sein.

Ich will nicht von außen her
versuchen dich zu trösten
und deine Wunden
mit Redewendungen
bedecken.

Ich versenke mich ganz in deine
Verzweiflung hinein
und lasse dein Leid
nach und nach zu
meinem eigenen werden.

Ich schenke dir kein Mitleid,
sondern ich leide mit dir
und hoffe, dass die Quelle
meines inneren Lichts
in dein Herz strömt.

Gute Worte,
die von Herzen kommen,
gehen zu Herzen
und verwandeln
Dunkelheit
in Licht.

Ein Engel hat mich zart berührt,
ein Engel hat mich ins Leben geführt.

Ein Engel hat Türen in mir aufgemacht,
ein Engel hat mit mir geweint und gelacht.

Ein Engel wies mir den Weg zum Licht,
ein Engel sprach: „Fürchte dich nicht!"

Ein Engel hat mich von Angst befreit,
ein Engel schenkte mir Zärtlichkeit.

Ein Engel gab mir Wärme und Glück,
ein Engel führt' mich zum Glauben zurück.

Ein Engel hat mir Trost geschenkt,
ein Engel hat Liebe in mich gesenkt.

Ein Engel zeigte mir in der Zeit
Augenblicke göttlicher Ewigkeit.

Ein Engel ist bei mir auf meinen Wegen,
ein Engel stärkt mich mit seinem Segen.

Ein Engel ist nicht
mit Flügeln gekommen,
Gott hat sich den Menschen
zum Boten genommen.

Möge dich ein Engel
auf deinen Wegen behüten und
vor allem Dunklen bewahren.
Möge er deine Sorge tragen helfen
und dein Leben von innen her
erwärmen und erleuchten
und dir die Gewissheit schenken:
Es ist gut, dass es dich gibt.
Wenn du ihn spürst,
ist es vielleicht ein Gedanke
der Liebe von mir.

Geleite mich durch den Tag

Welch ein Segen
liegt über dem Tag,
wenn mir die Engel
schon beim Erwachen
„Fürchte dich nicht“
ins Herz flüstern,
und ich mich getrost
auf den Weg machen kann,
beflügelt von Tatkraft
und Mut.

Der Morgen
öffnet mir seine Tür in den Tag.
Ich will die Einladung annehmen
und hineingehen
in seine hellen Stunden,
mich seinen Herausforderungen stellen
und für seine Überraschungen
empfänglich sein.
Unter dem Geleit meines Engels
darf ich mir selbst heute
wieder um einen kleinen Schritt
näher kommen.

Ich wünsche dir Menschen,
die dir treu sind,
die sich für dich und
deine Erfahrungen interessieren
und die dir an den Augen ablesen,
wie es um dein Wohlbefinden
bestellt ist.

Ich wünsche dir Menschen,
denen du es wert bist,
sich Zeit für dich zu nehmen,
die das Gespräch mit dir suchen,
und die dich spüren lassen,
dass du sie mit deinen Gedanken
bereicherst.

Ich wünsche dir – dann und wann –
einen Engel!

Mitten am Tage
– ganz unerwartet –
von einer unbändigen
Freude beseelt sein,
Aufgaben schwungvoll
und selbstbewusst anpacken,
und am Abend
das Gelingen feiern –
mit einem stillen Dank
an den Engel,
der einem das Licht
ins Herz gestreut hat.

Ich wünsche dir,
dass dich Engel auf deinem Weg
durch den Tag geleiten
und dich aus deiner Befangenheit
und Einsamkeit befreien.
Ich wünsche dir,
dass du den Spuren
ihrer lichten Leichtigkeit
folgen kannst,
damit dir Angst und Druck
von deinem Herzen fallen,
durch die du manchmal
kaum noch zu atmen vermagst.
Mögen sie dir den Schlüssel
zu deiner Seele schenken,
damit du dem Leben wieder
aufgeschlossen und
gelöst begegnen kannst.

Engel brauchen keine Flügel,
brauchen keinen Heiligenschein,
Engel kann auf dieser Erde
jeder von uns Menschen sein.

Wenn du immer, immer wieder
auch ein Herz für andere hast,
ihnen zuhörst und bereit bist
mitzutragen ihre Last,

wenn du, ihre Hand in deiner,
tröstest in der Dunkelheit,
dann erfüllt sich Gottes Wille
- und sein Segen ist nicht weit.

In deinem Trost,
in den vielen ermutigenden
und bestärkenden Worten
spüre ich so viel Güte,
so viel Innigkeit und Liebe,
dass ich in deinem Antlitz
Gottes Zärtlichkeit erspüre
und allmählich leise ahne,
dass mir einer seiner Engel
mitten ins Herz spricht.

In so mancher Nacht
schaue ich
zum Himmel empor,
und träume den Wolken
einen lieben Gruß
an dich zu.
Dann wünsche ich mir,
dass dich ein Engel
mit seiner Zartheit
beseelen möge,
damit dir der neue Tag
Licht
in die Stille singt.

Mögen Engel dich begleiten,
dich behüten Tag und Nacht
und dir deine Seele weiten,
dass dein Herz vor Freude lacht.

Mögen sie dir ihre Hände
reichen vor dem tiefen Graben,
dass sich deine Angst jetzt wende,
weil sie dich herübertragen.

Mögen sie auf allen Wegen
dich mit ihrem Licht beschenken
und mit ihrem sanften Segen
deine Schritte wahrhaft lenken.

Ich lege meinen Kummer
in dein Herz
und meine Freude
in deine Seele.
Mein ganzes Leben,
mit all seinen Tiefen,
Brüchen und Höhenflügen
gebe ich getrost
in deine Hände
und vertraue darauf,
dass du damit umsichtig
und behutsam
umgehen wirst –
wie ein Engel.

Ich habe mich im Irrgarten
meiner Gefühle verlaufen
und weiß nicht,
wie ich ihm jetzt
mit einigermaßen heiler Haut
entkommen kann.

Ich vertraue auf die Kraft
meines inneren Engels,
dass er mir den Weg
zum Ausgang weist,
damit ich wieder Zugang
finden darf
zu mir selbst.

Manchmal
stellt sich mir
mitten am Tag
ein Engel in den Weg,
an dem kein Vorbeikommen ist.
Unsichtbar
durchkreuzt er
all meine Pläne
und zwingt mich,
eine andere Richtung
einzuschlagen.
Erst sehr viel später
vermag ich zu sagen:
Gott sei Dank.

Meine Seele ist müde und leer,
und meine Worte
sind nicht der Rede wert.
Meine Hoffnungen sind verdorrt,
und meine Zukunft breitet sich
wie eine Wüste vor mir aus.
Würde doch ein Engel
mich berühren und bewegen,
dass ich seinen Spuren
folgen kann
und sich die versiegten Quellen
neu mit Lebensfreude füllen
und mit Kraft.

Ich will dich nicht bitten,
mich über alle Widrigkeiten,
die dieser Tag
für mich bereit halten mag,
hinwegzutragen.
Aber dass du mir
deine segnende Hand reichst,
darum bitte ich dich.
Schenke mir auch die Stärke,
manches leicht zu nehmen,
damit ich durch die Probleme,
die sich mir in den Weg stellen,
hindurchkomme
und am Abend
trotz allem, was mir an diesem Tag
schwer gefallen ist,
sagen kann:
Auch heute war wieder
ein guter Tag.

Du fragst,
wenn dich ein Unglück trifft,
wo er denn geblieben sei,
dein Engel.
Wie oft aber
bist du in deinem Leben
über dunkle Täler
hinweggetragen,
vor Leid bewahrt
und in Gefahr
behütet worden.
Hast du da jemals
an Engel gedacht?

Manchmal
stehst du am Abgrund
und möchtest am liebsten
in der Tiefe versinken.
Aber dein Engel
zieht dich sacht zurück.
Auf seinen Flügeln
trägt er dich hinüber
auf die andere Seite
und spricht:
„Fang an zu leben,
ich bin ja bei dir.

Die Schwere vergangener Tage
freigeben können
und sich dankbar erinnern an das,
was an Beglückendem geschah.
Gespannt und in guter Hoffnung
warten auf das,
was die Zukunft
an Überraschendem in sich birgt.
Zwischen gestern
und morgen
die Zeit füllen mit dem,
was das Herz
im Augenblick bewegt.
Mit den Füßen auf der Erde,
mit den Träumen schon im Himmel
und beflügelt dabei
auf dem Weg
zu sich selbst.

Der Engel in dir
will dich weiten,
will dich bergen
in freieren Räumen,
zur vielseitigen
Gestaltung
und Rundung
deiner selbst.

Möge dich
ein Engel berühren
im Vorübergehen
und deine Zaghaftigkeit
beflügeln,
deine Gedanken erhellen,
deine Seele erleuchten
und deine Schritte stärken
auf dem Weg
zur Begegnung
mit dir selbst.

Im Himmel
jauchzen und musizieren
tausende Engel in Chören.
Ihre Lippen
formen Liebkosungen,
und ihre Gesänge preisen
Zartheit und Glück.
Tanzend feiern sie
das Wunder des Lebens.
Ja, staune du nur,
denn dieser Himmel ist
in dir.

Vertrau auf die Kräfte der Engel

Durchlässig sein
für das Licht,
Ausstrahlung
von der Mitte her.
In sich schwingen,
Bewegung hin
zum Leben.
– Engel
sein.

Es fällt mir so schwer,
mich in Geduld zu üben.
Oftmals möchte ich
heute schon ernten,
was ich gestern
erst gesät habe –
und mache so vieles
in meinem Leben
dadurch kaputt.
Schenke mir doch
die nötige Gelassenheit,
mein Engel,
damit ich warten kann,
bis die Früchte
reif sind,
so dass ich sie
in ihrer Süße schmecken
und einzeln nach und nach
genießen kann.

Ertrage die Zeiten
der Einsamkeit,
die entlaubten Gefühle
und kahlen Äste
deiner Sehnsucht.
Licht träumt sich dir
vom Himmel neu zu,
Blüte und Frucht
werden an deinem
Lebensbaum
in Hülle und Fülle
gedeihen.

Manchmal habe ich das Gefühl,
als ob das Leben
mit mir Achterbahn fährt.
Kaum habe ich mich
von den letzten Niederlagen erholt
und wähne mich endlich
wieder ganz auf der Höhe
meiner Kräfte und meiner Lebenslust,
da geschieht erneut etwas,
das mich niederdrückt
und schmerzt.
Ich würde so gern wieder
dauerhaft heiter sein
und mich getragen fühlen
von einer himmlischen,
beflügelnden Macht.

Aus manchem Lebenskampf
bist du schwer angeschlagen
hervorgegangen,
hinkend und taumelnd,
auf der Suche nach Sinn
auch der verstellten Wege.
Vielleicht bedarf es
des Ringens und Trotzens
in schlafloser Nacht,
um den Segen des Engels
letztendlich doch noch
zu erringen
und dich versöhnen zu können
mit dir selbst.

Es gibt so viele
ausgetretene Pfade,
die dich einladen,
ihrer sicheren Richtung
zu folgen.
Lass sie links liegen
und vertraue
den Spuren der Engel
in deiner Seele.
Geh deinen
eigenen Weg.

Versuche Atemzug um Atemzug
zur Ruhe zu kommen.
Schicke all die quälenden Gedanken,
die dir immer und immer wieder
durch den Kopf gehen,
zum Himmel hinauf,
damit du frei wirst,
den Stimmen der Engel zu lauschen,
und dein inneres Ohr
empfänglich wird
für ihre Botschaft:
Fürchte dich nicht –
alles wird gut.

Zart wie ein Schmetterling
hat mich die Liebe
berührt;
flügelleicht
tauchte meine Seele
in seliges Erschauern
inneren Lichts.

Unruhe treibt mich um,
so dass ich mich auf nichts
wirklich konzentrieren kann.
Ich nehme etwas in die Hand,
um es gleich darauf
wieder wegzulegen.
Ich schaue aus dem Fenster,
ohne zu wissen,
worauf ich eigentlich warte.
Ich fange eine Arbeit an,
ohne sie zu Ende zu bringen.
Würde mir doch ein Engel
Ruhe und Frieden
ins Herz senken,
damit ich die Rastlosigkeit
endlich ablegen kann,
um entspannt
in den Tag zu gehen
und gelöst
in die Nacht.

Wenn mich die Nacht quält
und Ruhelosigkeit
von meiner Seele Besitz ergreift,
wenn mich die dunklen Geister
der Angst wieder heimsuchen
und das Gefühl der Ausweglosigkeit
mir den Atem raubt,
dann breite deine schützenden Flügel
über mir aus.
Verscheuche die quälenden Schatten
durch den Glanz deines Friedens,
senke die Fülle deines Segens
in mein ausgebranntes Herz,
damit die schwarze Nacht sich verwandelt
durch die Hoffnungsschimmer
deines Lichts.

Am Abend
innehalten können:
die Stille auskosten
von Augenblick
zu Augenblick
und sein dürfen,
einfach nur sein:
nichts sagen,
nichts fragen,
nichts machen,
nichts müssen,
einfach nur sein,
voll gegenwärtig,
engelleicht.

Halte deine Flügel
über mich gebreitet,
wenn der letzte Lichtstrahl
der Abendsonne
in der Nacht versinkt.
Erfülle mein Herz
im Blick auf den verflossenen Tag
mit Dankbarkeit und Frieden.
Bewahre mich
vor allen Gefahren von außen
und lass keine dunklen Träume
aus meiner Seele aufsteigen,
damit ich Ruhe finde
in den Stunden der Nacht
und dem kommenden Morgen
getrost entgegen
zu schlafen vermag.

Segne, mein Engel,
was ich an diesem Tag gedacht,
geredet und getan habe.
Nimm alles Böse davon
in dich auf
und umhülle es
mit deinen Schwingen
in ewiges Schweigen.
Alles Gute und Heilvolle,
das von mir ausgegangen ist,
aber lass ein Echo finden
in der Welt
und lebendig weiterwirken.

Berührt mich still bei Nacht

Wenn die Engel
still bei Nacht
Schritt für Schritt
die Leiter vom Himmel
zur Erde heruntersteigen,
dann wünsche ich dir,
dass sie deine Seele streifen
im Vorübergehen
und dich spüren lassen,
dass du ihnen
in deinen segensreichen Seiten
gleichst.

Zu viel der Last,
die es heute
zu tragen galt,
erdrückt von Sorgen
finde ich keinen Schlaf.
Ich sehne mich
nach dem Glanz
göttlichen Lichts,
nach der Quelle,
die mich tränkt,
nach dem Engel,
der mir seinen Trost
sanft
in den Schoß legt.

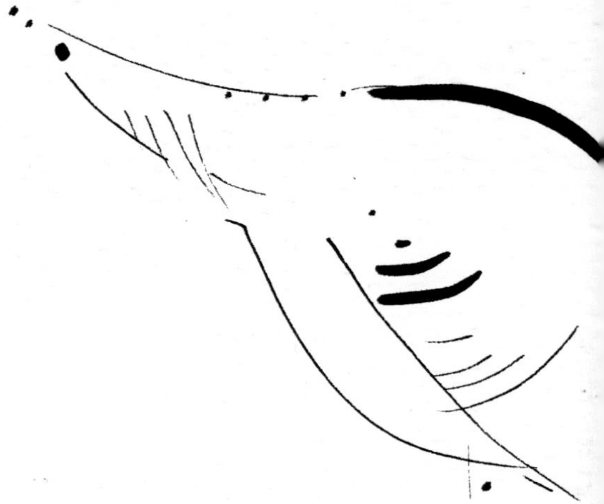

Der Nachtengel
möge dich in
deinen Traurigkeiten
und deinem Kummer
liebevoll trösten,
damit du deinen Schmerz
ausatmen,
so tief ausatmen kannst,
bis du empfänglich wirst
für seine lichtvolle,
beflügelnde
Kraft.

Möge ein Engel vor dir hergehen
und dir die Richtung weisen,
in der du Erfüllung findest
Schritt für Schritt.
Möge ein Engel hinter dir stehen,
um dir den Rücken zu stärken,
damit du aufrecht
und wahrhaftig leben kannst.
Möge dich ein Engel begleiten,
zu deiner Rechten und zu deiner Linken,
damit du bewahrt bleibst
vor den Angriffen derer,
die es nicht gut mit dir meinen.
Möge ein Engel unter dir stehen,
um dich zu tragen,
wenn du keinen festen Boden
mehr unter dir spürst.

Möge ein Engel in dir sein,
um deine Tränen zu trocknen
und dein Herz
mit dem Licht der Zuversicht erhellen.
Möge ein Engel über dir sein,
um dich zu behüten
vor den alltäglichen Gefahren,
damit kein Unheil dein Leben bedroht.
Mögen dich alle Engel des Himmels
mit ihrem Segen erfüllen und umhüllen –
an allen Tagen deines Lebens
und in jeglicher Nacht.

Möge dein Herz
von innen her beflügelt sein
und deine Seele zum Schwingen bringen.
Mögen deine Füße
leichten Schrittes unterwegs sein
zu Versöhnung und Gerechtigkeit.
Mögen deine Augen
sich auf das Wesentliche konzentrieren
und die lichten Seiten
der Menschen entdecken,
die dir begegnen.
Mögen deine Hände segnen
und sich anderen Menschen
in versöhnlicher Absicht
entgegenstrecken.
Möge dein Mund
Worte der Freude finden
und der Liebe,
die im Herzen
eines anderen Menschen
ihr Ziel finden.

Möge dein Ohr
aufmerksam sein für die Klänge der Musik
und für die Worte und Töne,
die dein Leben erfrischen.
Mögest du
den Engeln in dir folgen
mit allen Sinnen
und in all deinem Tun.

Komm, mein Engel!

Komm, mein Engel, komm!
Nimm die Angst von meiner Seele,
dass die Last sich
leise löse,
hebe allen Kummer auf.
Trage von mir all die Schmerzen
und berühr mich still bei Nacht
zart mit sanftem Flügelschlag.

Komm, mein Engel, komm,
rette, führe und begleite
mich ans Ziel auf
meinem Weg.
Stärke und durchwebe mich
mit dem Lichtkleid deiner Wärme
alle Tage meines Lebens,
dass ich mich geborgen weiß
in der Obhut deiner Kraft.

Bleib, mein Engel!

Bleib, mein Engel, bleib bei mir,
lass mich deine Stimme hören
wenn ein Mensch mich milde tröstet
und mir gute Worte schenkt.

Bleib mein Engel, bleib bei mir,
lass mich deine Wärme fühlen,
wenn ein Mensch mit zarter Liebe
mich in seine Arme nimmt.

Bleib mein Engel, bleib bei mir,
lass mich deinen Segen spüren,
wenn ein Mensch mit sanfter Güte
meine Seele tief berührt.

Zur Autorin:
Christa Spilling-Nöker, geboren in Hamburg, Dr. phil., Pfarrerin der badischen Landeskirche a. D. mit pädagogischer und tiefenpsychologischer Ausbildung. Sie lebt heute als Schriftstellerin in Ettlingen. Ihr poetisches und erzählerisches Talent hat sie zu einer der beliebtesten Autorinnen inspirierender Texte gemacht. Sie veröffentlicht seit drei Jahrzehnten im Verlag am Eschbach.

Von Christa Spilling-Nöker sind im Verlag am Eschbach
unter anderem erschienen:
Ich wünsch dir Flügel für die Seele (70852)
Ich wünsch dir eine gute Zeit (70832)
Ich wünsch dir gute Besserung (70785)
Ich wünsch dir einen schönen Tag (70503)
Komm, mein Engel, komm (70754)
Liebe das Leben (70107)
O du stille Nacht. Weihnachtliche Inspirationen (70749)
Ein Staunen liegt in der Luft. 24 Inspirationen zum Advent (70868)

MIX
Papier aus verantwortungsvollen Quellen
FSC® C043106
www.fsc.org

Klimaneutral
Druckprodukt
ClimatePartner.com/14549-2003-1001

Zu den Künstler/innen:
Dr. Sabine Waldmann-Brun ist Ärztin, Künstlerin und Autorin. Studium der freien Malerei, Glasgestaltung und Buchillustration an der Staatlichen Akademie der Bildenden Künste Stuttgart. Studium der Humanmedizin an der Universität Tübingen. Heute lebt und arbeitet Dr. Sabine Waldmann-Brun zu gleichen Teilen als Chirurgin und bildende Künstlerin, unter anderem auch als Buchillustratorin. Sie schreibt auch Geschichten für Kinder und Erwachsene, unter anderem »Der blaue Engel. Und andere Weihnachtsgeschichten« im Verlag am Eschbach (70730)
Im Internet: www.sabinewaldmannbrun3.jimdo.com/

Kit Kittikorn ist ein thailändischer Künstler und Grafiker.

ISBN 978-3-86917-809-7
2. Auflage 2021

Verlagsgruppe Patmos in der Schwabenverlag AG, Ostfildern
Im Alten Rathaus/Hauptstraße 37
D-79427 Eschbach/Markgräflerland

www.verlag-am-eschbach.de

Gesamtgestaltung: Angelika Kraut, Verlag am Eschbach
Engelzeichnungen: © Sabine Waldmann-Brun
Aquarelle: Kit Kittikorn (© TairA / shutterstock)
Kalligrafie: Ulli Wunsch, Wehr
Herstellung: Grafisches Centrum Cuno GmbH & Co. KG, Calbe
Hergestellt in Deutschland

Manufakt
Dieser Baum steht für umweltschonende Ressourcenverwendung, individuelle Handarbeit und sorgfältige Herstellung.